著作权合同备案号：豫著许可备字 -2019-A-0018

图书在版编目（CIP）数据

从大海到星空 /（法）安德烈·德昂文图；余治莹
译 . — 郑州：海燕出版社，2021.6
（国际绘本大师系列）
ISBN 978-7-5350-8481-1

Ⅰ . ①从… Ⅱ . ①安… ②余… Ⅲ . ①儿童文学 – 图
画故事 – 法国 – 现代 Ⅳ . ① I565.85

中国版本图书馆 CIP 数据核字 (2020) 第 256441 号

从大海到星空
CONG DAHAI DAO XINGKONG

出 版 人：董中山	美术编辑：韩弘楠	责任印制：邢宏洲
责任编辑：张 杨	责任校对：李培勇	封面题字：李允中（5 岁）

出版发行：海燕出版社 　　　　　　　　　印 张：2.5
　　　　　（郑州市郑东新区祥盛街 27 号 0371-65734522 ）　　字 数：50 千
经　销：各地新华书店 　　　　　　　　　版 次：2021 年 6 月第 1 版
印　刷：恒美印务（广州）有限公司 　　　印 次：2021 年 6 月第 1 次印刷
开　本：889 毫米 ×1194 毫米 16 开 　　　定 价：36.00 元

从大海到星空

[法]安德烈·德昂　文图

余治莹　译

海燕出版社

·郑州·

黄昏时刻，
天空静静地躺在海面上，
一只小船漂过来……

"小熊，你要去哪里？"小海豚问道。
"我要去找月亮，不过我要先找到大海跟天空相连的地方。"

小熊和小海豚一起朝着落日出发。

"小海豚，你很强壮，游得又快！和你在一起，我根本不需要划船。"

"小熊，希望你能早点见到月亮！"
"谢谢你，小海豚！我也好想快点见到他。"

"你好！小熊，你是从很远的地方来的吗？"

"没错，月亮先生，我是从地球来的。我很想来找你！每天晚上睡觉前，我都会看着你。你看起来好亲切啊！"

"很高兴认识你，小熊！你知道吗，很少有人会来这里。"

　　"我才更高兴呢！所有小孩子做梦都希望能和你拥抱。"

"欢迎你，小熊！这里是不是非常明亮！这是我的世界，我们正在银河中。"

"小熊，快来认识我的朋友们！"

"很高兴见到你们。"小熊有礼貌地向他们问好。

一颗星接着一颗星，它们向小熊作自我介绍：火星、金星、水星、木星、土星、海王星、天王星、冥王星……

"小熊，快看！那就是照亮万物，让我们
闪耀着光芒的太阳。"
"哇，太阳真的好明亮！"

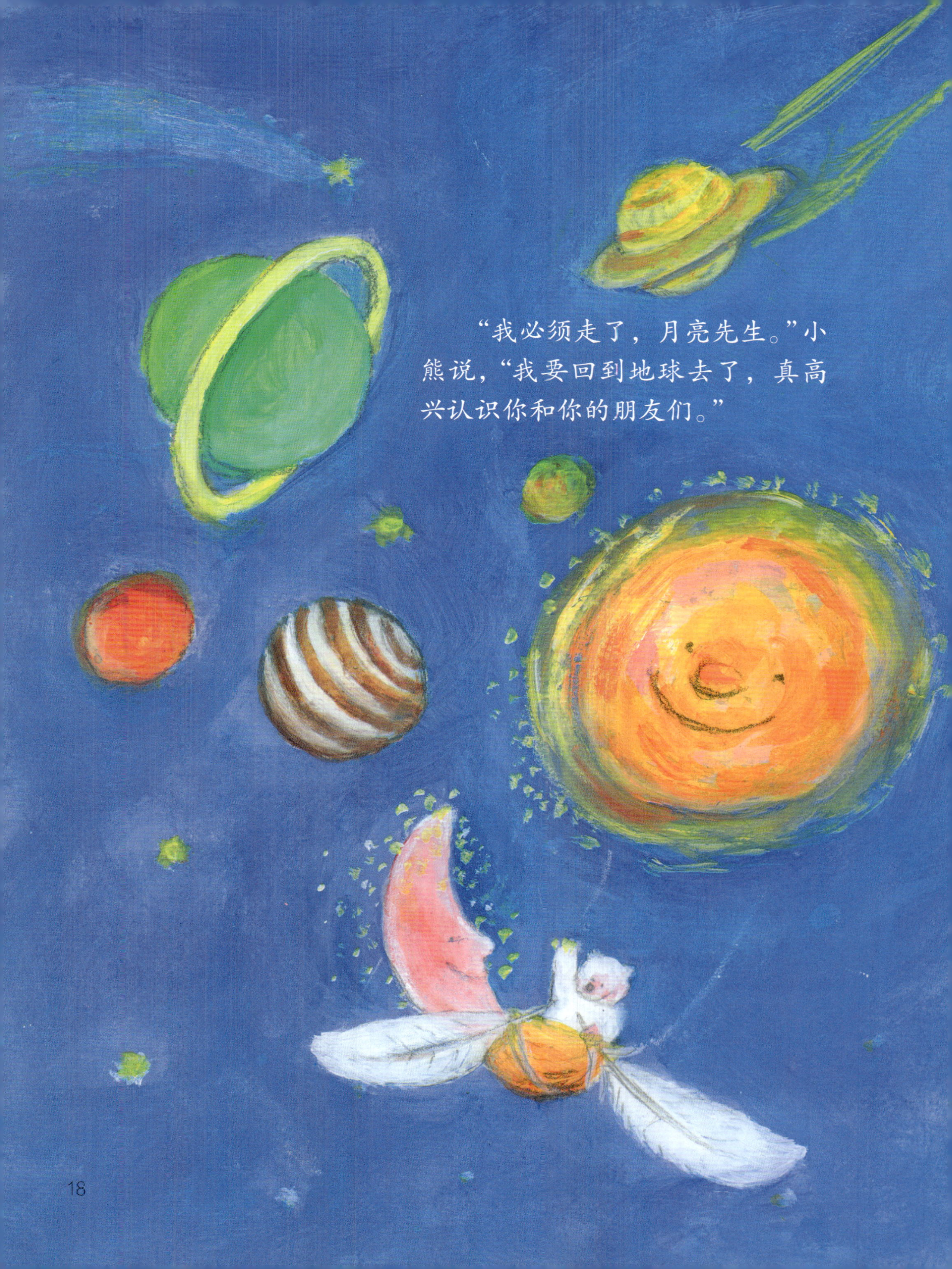

“我必须走了，月亮先生。”小熊说，“我要回到地球去了，真高兴认识你和你的朋友们。”

"你愿意和我一起去吗？月亮先生，咱们去地球看看。"

"好啊！我也常常从天空往下看着地球，我想和你一起去。"

于是，小熊和月亮出发了，他们越过一座白雪覆盖着的高山。

"月亮先生，你看到这座山后头的摩天轮了吗？那是孩子们喜爱的、闪闪发亮的摩天轮。"

"这座摩天轮真漂亮！它闪耀着五彩光芒，
好像灿烂的太阳！"月亮着迷似地说道。

"月亮先生，咱们一起去坐好玩的摩天轮吧！"小熊开心地说。

"坐稳了啊，月亮先生！我们要降落了哟！"

月亮跳进大海，和海豚一起玩！

"瞧，月亮先生很会游泳，他看起来像一条鱼！"小熊兴奋地说。

"我感觉好像在做梦，从地球上看着陪伴我
的满天星星，这种感觉太奇妙了！谢谢你，小熊，
我很开心！"